바람난 바다

보름달 바다 빠졌네
절구통 그득한 바다
저 가는 세상만큼
옷고름 풀어
사랑 만드네

하늘 가득 채워도
모자라는 것
달 속에 감추려는데

드넓은 바다 달 빠졌네
깊숙이 꽂히는 곳
떠오르다 구름 보네
저 아득한 하늘 속
뜬 달
그 속에 그득한 바다

동해에도 석양이 있나요

동해에도 석양이 있나요

ⓒ김영현, 2021

1판 1쇄 인쇄__2021년 07월 25일
1판 1쇄 발행__2021년 07월 30일

지은이__김영현
펴낸이__양정섭

펴낸곳__예서
　　　　등록__제2019-000020호

제작·공급__경진출판
　　　　사업장주소__서울특별시 금천구 시흥대로 57길 17(시흥동) 영광빌딩 203호
　　　　전화__070-7550-7776　팩스__02-806-7282
　　　　홈페이지__http://https://mykyungjin.tistory.com
　　　　이메일__mykyungjin@daum.com

값　10,000원
ISBN　979-11-968508-8-3　03810

예서의시 013

동해에도 석양이 있나요

김영현 시집

차례

바람난 바다

제1부

제2부

제3부

제4부

제1부

냉동 창고

유연한 선형 생선 떼 지어
어판장 딸랑이는 소리 끝에
더러는 난장 퍼지르고
남은 것 모진 턱 넘다

어두운 방 숨 질리는 방
투박하게 짜여진 사각 통
무더기로 갇혔다

높이나 넓이 따지지 않는다
종잡을 수 없는 서열이다
새치기 같은 것 엄두도 없다
몸 비벼 지쳐 잠들다

기다림

서낭당 처마 끝에 매달린 북어 대가리
바다를 향하고 있다
유리알같이 투명한 눈앞에
코 뚫린 채 쩍 벌린 단단한 아가미 사이
습한 해풍이 흔들린다
찌든 이빨 사이 베어든 설컹한 소금
입술 찌들게 하는 건 바람뿐인데
허옇게 비틀어 질린 때깔이 우리를 닮았다
날마다 몸 풀어 치성 드려도
느는 건 낚시값 어망값 기름값
빚잔치는 칠흑이 주워 삼킴 가난한 이웃들의 것
무시로 설핏 널은 상한 복부에
야광 같은 빛살은 나를 감금하여
어둠 속 고아로 만든다 아비야 아비야
동편 가르마 같은 여명은 언제 오려나
밤새워 물길 잡아 떠난 아비
기다림은 끝나지 아니하고
온 밤 자맥질 귀 기울여 떠난 뱃고동소리
차라리 돌아오면 육땅으로 이사 가자 졸라볼까
그러나 마름모 그물 칸칸이 목을 졸라도

바지 허리띠 한 칸 고쳐 매도
우리는 이 바다를 사랑한다
어부 된 아비를 사랑한다

어판장 가꾸기

속도 없는 모래 시멘트와 교합하는 순간
물컹한 비린내 풍기는 바닥 전체가
코를 틀어 맨다 맨 몸으로 헤딩하는 작업
널브러진 모래바닥 헤엄치다
동그란 땡 소리 내는 콘크리트 바닥
탕탕 두드리며 터 넓혀간다
물 내리는 콩나물시루에 군살처럼
대가리만 빼곡히 내민 물고기들
눈 핏발 서 고래고래 소리치며
－갈라져라 갈려져라－
누구 저 하얀 틀 포개는 작업
막을 자 없는가 문어발 깍지 트는 벌판
혼합된 물 토해내며 바다 갈라
밀고 가는 콘크리트 바닥으로
헐떡이는 숨소리 막혀버린 탈출구
간 곳 없어 벌판으로 변한 하역장
우리들의 포로수용소
모노레일 지나 감금당한 어창에서

해방되는 자유가 해체되어 직립한 자세마저

잃어버리고 낮아져 하늘도 보기 전
뭉텅뭉텅 썰어진 두부 칸칸 이어지다
층층 쌓여 기우뚱 쌓여 어지러워
루울렛 게임에 저당 잡혀 카운트다운만
기다리는 저 목장갑 놀림 배경으로
오색 테이프 위로 올려진 얼굴 얼굴
갈라질 타임 기다리는 손목 사이로
싹둑 거리는 가위들의 심장 일제히
빠른 초침으로 갈아탄다
친애하는 어민 너른 터 갈라먹기 게임에
엎치락 비비적거리는 위로
－환경 파괴는 공공의 적
합성 나이론 천 바람타고 펄럭거린다

우암 풍경 1

골목 돌아 좁은 길 아슴하게 깔아 논 기억
주영학교 앞 지나노라면 어찌 그리
뼛속까지 시린 바람 날리든지. 그 속
우암 머리자락 다습한 해풍 오면
봄날 미역 다듬는 작업
시작되지 않더냐

달이 선 뜨락 어스름은 어디 어느 때나
물처럼 고요하고 소금끼 스미는 집마다
바다 속 사무친 자상함 또 얼마나 은근하드냐
초사월 느긋한 바람 겨우내 우울한
창틀너머 우리 바다 가는 꿈 부풀어

무작정 내리막길 달리다 스치는
길옆 이발소 머리 다듬는 소리나
한가로이 장기 치는 소리 속
우암 어부 포구 살아 숨 있어
지레 한 번 소리쳐 여기 있소
나 이 동네 토박이오 소리치고 싶소

우암 풍경 2

소문 통하는 판잣집 노모 설경한 손에
빚어낸 막걸리 속살 치는 걸죽한 것
어부 쉬어터진 목소리 살아 쉼 없이
부대끼는 파도 기억하며 밤 가도록
오늘 축항 조업이 어찌 됐냐 물어
셈 없는 승부 논하랴 실갱이라

길쭉한 주문진 끝자락 우암 내리막길
빛나는 터 밤새 미끼 다듬는
아낙 손길 간혈처럼 이어지는 곳
얼마나 또 기대 속 꿈꾸는 날개였더냐

파도 날뛰는 내 부랑의 거리 술 취한
삼백예순날 기다림은 나타나지 않고
돌아눕고 싶은 하 그리 많은 세월
침묵 깨우려 내 여기 있지 않더냐

험한 귀향

배운 바다물질
아비 닮아가나
무시로 거스르는 친구
속없어
높새바람 채근하기 전
바다로 간
우직한 친구

고기 칼 달랑 들고
어판 억척 헤매도
그리움 쌓여
가슴 담아 뚝심 간다

방파제 무섭게 퍼내는 바다
돌아눕는 선체 보이는 것 같아
삭신 녹아내린다

선창바닥 널브러져 통곡해도
허허 벌판 같아 야속하다지만
굽이돌아 방파제 끝자락

안간힘 쓰네 물보라 속
팔 휘젓네

봄비

이슬 먹어 가벼운 것이
눈물 되어 살포시
항구 내려앉는다

기척도 흔적도 감추고
찝찔한 바닷물
부딪쳐 입맞춤이다

가슴으로 오는 환한 것
부두 깊숙 숨어
늘어진 배 어른다

봄

눈 뜨면 밤 새워 서슬 퍼렇게
짖어대는 검푸른 바다
빛바래 물빛 고와지는 걸
바느질처럼 촘촘 묻어나는 골목
너덜거린 만큼 세월 훔친
낡은 쟁기들 모아 맨손으로 상처
깁는다
마름모 칸칸 정성 들인 그물
그 모서리 칸칸 부적처럼 달린
봄

연정

멀찍이 서 있어도 안다
감아 나르는 치
물속 헤엄치다
요동치는 순간 지나면
바람 한 점 없이도
낙락한 벌판
파도 고른다
언제 요동칠 줄 모르는 것
침묵하다 슬그머니
구름 감추다
살아나는 파도

바라보기

등대는 높이 바다와 마주한다
등대는 수평 끝까지 간다
등대는 하늘 닿는 곳까지 선다
넓게 높게 떠 있다

우리는 등대 밑 바다와 마주한다
우리는 낮게 수평을 바라본다
우리는 하늘 가는 곳 모른다
슬레이트 지붕에 있다

이웃지붕 코 맞대 설핏 넣은 생선
가른 뱃살에 새는 마른 빛살
손톱 묻어나는 소리 들려온다
등대 밑 빌붙어 둥지 틀어 산다

거기 내가 있다

나무장작 한 아름 불 짓다 그 넓은 어판장
벌판 같지만 우리 있는 모퉁이 고기상자 쌓아
요상한 바람 풀풀 날리는 바닥 눅눅히 풍기는 비릿한 바다
뜯겨져 덜렁거리는 난망한 그물
어부 저 편한 대로 고단한 비늘 떠낸다
어둠 걷히는 어판장 배 하나둘 몸 기댄다
하루 품 든 어부나 아낙네들 잡은 고기 돌보느라 정신없다
몸 하나 기대면 거기 내가 있다

돌아 서둘러 방파제 지나 제 있던 자리
고단하려니 출항하면 바다 항상 퍼질러 엎어졌다
나는 일상 무심하여 바다 가지만
바람 파도 맞아 온몸 부대끼지만
배 하나 되어 느린 걸음 쑤욱 올랐다 들었다 튀어오르다
물 속 가라앉았다 오르는 가뿐 숨소리 쉼 없다
또 한 번의 출항 내가 거기 있다

물어나 볼까

서낭당 모서리 처마에 매달린
북어 대가리 바다 간다
처음 말갛고 투명한 눈 부르터
허여멀겋게 꺼져 있어도
서낭 무수리 염 풀어 귓밥
후려 패듯 한참을 정신없어
가다보면 저 너른 곳까지
몇몇 일 가자해도 모자랄 뿐

찌든 이빨에 배어든 설경한 소금
입술 갈라 바람 허옇게 비틀어
코 뚫린 채 단단한 아가미구멍
물먹은 해풍 들어와 흔들거리는
때깔이 애비 기다리는 서낭할미다

온밤 뒤척이는 기다림 끝없어
꿈속 자맥질 귀 기울이다 놀란 가슴
돌아보면 차라리 대처
이사 가자 졸라나 볼까
서낭 부적 빗살 잠금 채 허우적이다
달아날 길 묻다

길을 트다

콘크리트 바닥 어판장
노조원들 삽질을 한다
잡아들인 고기 무더기
한발씩 물러나 길을 튼다

질펀한 어판장 골목
사람들 떼 지어 몰린다
고기 실은 수레 끄는 남자
소리쳐 질주하는 골목
좌판 옆으로 길을 튼다

콘크리트 높이 담을 쳐
울안에 가둔 집 길 모른다
도통 알 수 없는 언어
도통 이해도 모르는 사람
뒤통수치는 길

저들만의 길 만들고 있다
제몫도 아닌 길 내고 있다
겁도 없이 안하무인격이다

제 길도 못 찾아 막무가내다

어판장에는 제 몫 가르느라
삽질을 한다
어판장에는 제 몫 나누기
위하여 삽질을 한다

제 몫 아는 사람 길 알아
제 길 아는 사람 몫 알아
나르는 고기 위하여
혼잡한 틈 비켜서는 사람
함께 하는 삽질이다

동해에도 석양이 있나요 1

해질녘 주문진 항구
바다 가로지른 방파제로 오세요
방파제 끝 빨간 등대로 오세요
경포대에서부터 줄지어 늘어진
바닷가로 게딱지같은 집들
숲을 지나 다다른 주문진 항 뒤로
병풍처럼 둘러선 산맥
석양이 걸렸네요

산 정수리 마지막 깔딱이며
넘어가는 석양 발갛게 물들어
천주교회 옥탑에 반짝이다
냉동공장 굴뚝을 타고
신리천 타고 마을로 내려앉아
숨 고르다 항구에 떠 있네요

동해에도 석양이 있나요 2

돌아보니 잘 다듬어진 보리밭
너울처럼 출렁이는 동해바다
마지막 끝 수평에도 걸렸네요
아침 해처럼 타오르지 않지만
노을 지는 붉은 빛 스러져 다시
기억하는 꿈꾸지 않을래요
이렇게 편하고 안심스런 날
맨날 오늘 같으면 살맛나지요

지는 해 기다림은 희망뿐이에요
아침까지 희망을 안고 기다리는
고단한 기다림 말이에요

해당 모래 있어 좋다

달. 실눈 뜰 때가 좋다 구름 조금 가렸다
배시시 웃는 얼굴 중천 훨씬 지나 너른 하늘 가고 있어 좋다

파도바람 타는 것만큼 헤매다 하늘 둥둥 떠내리다
빛 속 파도에 곰삭은 달 거기 있어 좋다

종일 모래 걷다 달도 바람도 잡힐 듯 이어지는 곳 아득하다
아무리 들여다봐도 모래 틈 그래도 좋다

모래벌판 꽃씨나 심자 한낱 실눈 속 숨은 달 절구통 속에
심자
수상한 세상 속에도 심자 뜰 가득 꽃. 좋다

오염 1
  −신리천변에 서서

　그곳은 우리가 유년을 알몸으로 뒹굴며 바다와 합치는 최적의 놀이터였다. 냇물이 옥 구르듯 흘러 바다 고기가 내를 차오를 때 우리들 알몸도 태양처럼 타올랐다 우리들이 자라고 있을 때 슬그머니 그곳엔 고기창자를 다듬어 기름을 짜는 간유공장이 들어섰다 사장님 터 잡을 때 피난통 이사 가도 덜렁 보퉁이 하나 들고 왔다는 소문이었는데 흙담이 블록으로 천막이 네모꼴 각으로 변해도 풀 초롱 들판 야금야금 먹어 들더만 거대한 철조망 방벽으로 변했다 그곳은 우리들이 보이지 않는 새에 누렇게 바래더니 아예 냇물은 검정으로 변했다 그곳은 사장님 챙기는 것 비례하여 서서히 제 빛깔을 잃어 제 속살을 모른다 냇물은 제 갈 길을 잃고 방황하다 먼 발치 축항 밑을 돌아 바다와 입 맞춘다 바다는 거부하지 못한다 풀잎도 거부하지 못한다 고기도 거부하지 못한다 약한 우리들도 거부하지 못한다 돌아와 유년의 천방 둑에 서서 싱그러운 바닷바람을 상기하지만 내려다보이는 먹빛 신리천에서 풍기는 고약한 냄새가 약한 위장을 흔들며 나를 토하게 한다.

오염 2

사장님께서는 수백 평 우리집 앞 논
헐값에 사 오징어 조미공장 만드셨다
우리네 어차피 농사 안 되는 땅
오징어건조장으로나 써먹고 있다
그나마 고기 없으니 헐값에라도 넘겼으니
잘된 일이다
청정하늘 풀냄새 대신 밤낮없이 기계소리
뜬눈 세월 그렇다 치고라도
온 동네 하수구 물색깔이 녹물같이 빨갛다
빨강이 쥐색으로 변했다
쥐색이 잡색으로 변했다
울긋불긋 천연색 필름 돌리듯 눈이 시리다
큰애가 밥상에 앉아 킁킁거린다
둘째는 아예 코를 막았다
구워 논 고등어대가리도 고개를 절래절래 흔든다
마누라가 머리 아프다 그러더니
끝내 지끈지끈 신경성 편두통에 걸렸다
영락없이 나도 그렇다
판피린 내복액이 한 병에서 두 병
둘이서 하루 9병 중독중이다

동네사람들이 웅성거리고
사장님과 터놓고 지내는
이웃 선생께 슬쩍 귀띔해 일렀다
새마을반상회에 건의했다
반장이 게거품하고 따지고 들고
반상회 지도 차 왕림하신 읍사무소 주사님께
간곡히 여쭈었더니
높은 데 건의하여 시정하겠노라
큰소리 떵떵 쳤다
그러나 아직도 시정되지 않았다
에라 모르겠다 기다리느니
동네약방에 가 판피린 내복약 10병
아귀 채우고
느긋이 이빨이나 쑤시자

제2부

기관장 고씨

오십도 안 된 고씨 아저씨 거울 앞에
참 늙어 보인다
항해하며 멋대로 부르튼 주름
가지 쳐 성한데 하나 없다

도자기 속살 가르듯 은근하더니
소금에 절여 길 잃었다
소나기 지난 시골길 골 패듯
저 하고 싶은 대로 갈라낸다

큰아이부터 내리처진 아이들
아비 얼굴 주름 틀어 그물 만들어
마름모 칸칸 집을 짓는다
아버지 위하여 아침을 지어낸다

고씨 아저씨 바다 주름 만든다

해풍

길가다 우연히 한 자리한 토박이 어부
되지게 삭았다네
기분 찝찝해 유리창 통해 보니
내가 봐도 팍 갔다

젠장 늙었다면 덧 나냐
곰곰 생각해도 기분 상해
동료 어부에게 그렇냐 물어
그가 봐도 그렇다네 허이구

소금 먹은 바람 왜 축축할까

알코올 성 습관

때로는 가슴속 내색 않던 절망이
뱃길에 살아 숨까지 턱 막혀 파도에
툴툴 털어보나 그게 그리 쉬운 게 아냐 어떻든
물어보자 작심하였던 바 항구 돌아와
끙끙거려도 안 돼. 애라 모르겠다 무작정
막걸리 집 목로에서 가슴이라도 쪼개
봐야 직성이라 날선 알코올 들입다
목구멍 밀어붙이나 칼이 되어 속 후벼
판다 머리통 와르르 무너지는 소리 들으며
꿈 속 간다— 술 끊어야지—

어부

우리 아비들의 얼굴이 축항 끝 돌 틈에 살고 있는 겁 많은
놀래기를 닮았다는 것을 터득한 것은 우리들이 물질을
능숙하게 할 즈음이나 되어서였다
  우리 할아비들이 놀래기 얼굴을 하고 한평생 바다를 서성
거린 것을
  우리 아비들이 알았던 것도 아마 우리 나이 또래였을 텐데
  눈은 떠 있으면서 징 북 장고소리 다 들으면서 잠을 자는
놀래기

  폭풍의 바다 속 비수와 같이 번득이는 바위틈 비집고
  날마다 찾아드는 토박이 대처 내로라하는 어르신의 야한
미끼조차
  구별 못하는 우리들의 우둔한 놀래기
  밀어붙이면 밀리고 위협하면 깜짝깜짝 놀라는 순한 보호색
  숲을 쩡쩡 가르는 해일 속에도 파고의 높낮이를 눈으로 정
확히 재고
  물빛만 보아도 내일을 환한 불 보듯 가능한 예지를 갖고도
  묵묵히 고향 지키는 우리들 아비 놀래기

  우리들이 놀래기를 학명으로 돌삼치가 맞다 틀리다

도마에 놓고 칼질하다 어류도감 242쪽에 있다는 것을 안 것은

우리들이 바다에 눈 뜨기 시작할 즈음이었다.

어지럼증

선창 기웃거리는 소금 먹은
물안개와 마주 한다
안개 방울져 창에 어리어
배 안으로 바퀴벌레 닮은
속 알이 기어간다
해풍 속 쭈그리고 앉아
지붕 철판을 갈고 있다
철판이 눅눅해져
미끈거리는 페이퍼
덧칠된 수막을 퍼내다
덧칠한 안개 속을 헤메다
의식의 덫을 걸러낸다
지끈거리는 머리
숲을 달리고 있다
바다에서도 안 나던 멀미
난리치며 일렁인다
세상 속 멀리 일렁거려
갈피 알 수 없다
밤 새워 술 취한 날

소망

파도 타고 오는 바람이나
산기슭 타고 오는 바람이나
모진 것 설렁한 것 그게 그건데
우리는 쪽배타고 이물에 있든
고물에 있든 그게 그거라

내림이란 것 별로란다
내 그만하면 됐지
험한 뱃일 없어도 사는 곳
저하고 싶은 것하며 살지
그것 아버지 소망이다

우린 바다가 좋다 파도 타는 바람
산기슭 타고 오는 바람
모질고 설렁해도 그게 좋다
저하고 싶은 것 좋은 것 어쩌랴
천상 어부해도 좋다. 좋다

옹이

저것 제몫 살아온 것보다
더 많이 살았음직한데
가지마다 속 터졌네

더러는 생채기 도져 곪아
웅크려 하소 한번 할라치면
제 속살 갈라 먹는 소리라네

어쩌다 선장님 내다보는 창 곳
창틀 모서리 박혀 항해 중
눈 마주쳐도 그러려니 하다
그놈 참 멋지네

출항

발동을 걸으니 열린 키
염분에 절어 삐끄덕이다
제 실력 찾아 발 떨리는 감각
갑판부터 심장 깊숙이 꽂혔다

목로 술집 풀어낸 누적된 앙금
툴툴대는 선체 화들짝 놀라
제 자리 찾아 안심을 가늠한다

숨소리 고르느라 늘어진 선체
기다림에 익숙하다 터진 밥줄
채우려면 온몸 휘저어도 모자라

위로하면 할수록 가슴만 터져
애써 희망 갖으며 차오르는 기대
어부 가슴 닿을 수 있을까

작업의 의미

낡은 선체 눌러 붙은 물이끼나
비늘까지 먹어치우다
뱃장까지 뚫어내는 놈
조선소 레일 올랐다

물 먹은 잎들이 살아나다
바람 탄 햇빛 포옹하는 모습
선부 덧칠하며 녹여내며
또 새얼굴 그리는 일상들

반복되는 하루 온종일
크랭크 회전에 맞물린 세상
빛바래 힘겨워 하더라도
당신 행복합니까

고기장수

좌판 틀 할매
부두 모서리에서
비늘만 센다
소갈딱지 한번쯤
지를 만한데
손님 떡떡 대도
숨 고른다
종일
비늘만 판다

공치는 날

부두 가는 길목 자리한 여주집 할매
칠순 넘어도 해장국 하난 잘 말아낸다
사장통 삐뚜름 낮은 지붕 속
드럼통 연탄 술반은 둘뿐

목장갑은 빨아도 비리다

어부 가슴 조선막장에 풀어내는
넉넉한 할매 얼굴 비치는
우리 일상 금방 알아채
걸걸한 웃음소리로 녹아내고 있어

뒤늦게 쪽문 밀치는 선부
출항금지 소식 일갈에 주눅 들어
따라지 어부 공치는 날
메주만한 할미방 차고 아침까지
죽칠 요량 알싸하게
차오를 소주를 청하다

맹서

출항 전부터 가슴 답답한 것이
감전 되듯 메슥거림 톡 쏘는데
습관성 복통이려니 들입다
버릇대로 깡소주 쓸어 넣다

한참은 잦아들었거니 아뿔싸
속 뒤집어 아우성이다. 순대다
－우리는 꼬인 그물 순대 틀었단다

늘 하는 것 천연스레 진통 지사제 털어
목구멍 꺼억 트림 오를 때까지
움츠려 눈물 찔끔거리며 바다만
본다. 끊어야지
술.

별

바위 늪에서 무너지는 소리 물갈기따라 너울거리다
지치면 따개비처럼 타래 트는
그게

제 얼굴 멋대로 칠해 눈가려 몸 숨기려도
본디 제 모습 그대로라 덧 만드는 것
알지

수심만 적당이면 바위골 비집어 뿌리박아
내 집이려니 오랍드리 길 내보았자 말짱
허당

휘영청 달뜬 날 하염없다 하여 파도 탄 얼굴
날 지새우며 하늘 보니 나 같은 놈
별. 별

야 이 친구 정신 차려
넌 불가사리야

숨

소금 먹어 바스라질 듯 삭은 할매 세월 천이다
그 할매 아직 구겨진 난장 모서리 내장 들어
칼질한다 한참을 꽃물 마른 오금 시리다
못해 곳곳 찔려댄다

질박한 세월 손가락 마디마다 쌓인 한
칼 가는대로 손 가는대로 갈라내는
난장 바닥 질펀한 바닷물 이젠 고만
흐르면 좋으련만 억장 터져 너부러진 곳

갈라낸다
저 한 몸 풀어
갈기처럼 휘두른다
그때쯤이면
보살 되는 것
시간 쫌 걸리겠지

소주 먹으러 가세

달이 섰네
걸어가다 물구나무섰네
하나 두울 셋
물속으로 곤두박질치네

판자 골목집 허름한 목로에
달덩이처럼 푸짐한 아가씨
소주 한잔 하자고 하네

술 속에 녹아나는 달
술잔에도 비치네
세월 까먹는 달 올라가네
사다리 타고 오르네

미명에 어리는 적막한 포구
낡은 어선 허공 휘젓다
달 따러 가네 잡을 수 없어

달이 섰네
걸어가다 물구나무섰네

하나 두울 셋
판잣집 달 술 먹으러 가자네

해초에 묻혀

물소리 저만큼 간다
내려갈수록 침울해지는
물길이다

풀이 휘감아 휘이
물살에 누워 일렁이는 세상
아리송이다

귀 있어도 듣지도 못해
펄럭이는 파도뿐
물살에 길 묻다

걸어가는 세상이나
기어가는 물길이나
가는 건 한길인데

사람 사람 웃다
밀어제쳐 올라타느라
제 길 모른다

헤매다 돌아보면 혼자라
세월 가는 것도 모르네
돌아 못 가. 없어.

습관

늘상 삐걱거리는 의자
버릇대로 털썩 앉았더만
아뿔싸 우지끈이다
매사 헐렁한 가슴 쓸어내리니
어찔하다

간편한 도구 선창 뒤적여
뚝딱거리다 영 아니다 싶어
냅다 걷어찼더니 갑판
옆구리 너부러져 엉망이다

발등부터 저릿하다 덩달아
어금니 착 달라붙어 오글거리니
머리통 지끈거리다
엄지발톱까지 자지러진다

매사 그 모양. 조심하지

제3부

감별법

입맛으로 따지자면 삼치가 가르쟁이*보다
더 맛있는 걸 어쩌랴

광어와 도다리가 같은 종으로 치자면
오징어 한치 또한 그 맛 확연 다르니

대처 사람 그게 그 맛이려니 이건 뭐고
이건 뭔데. 그 맛이 그 맛이라. 허

바닷가 사는 사람들 눈으로도
알고 혀끝으로 측정해도 다. 아는 것

*임연수

홍어

오년 전 리어카를 끌고 어판장에 내가 소속된 곳이
부두노조 제2분소였다 내가 들어갔을 때는 그래도 질펀한
콘크리트 하적장이 살판나서 스물스물 쉰도 넘는 식구였
는데,
사년 전엔 서른 남짓했다
삼년 전엔 스물 남짓 했다
작년엔 열둘이 남았더만
금년엔 반장과 나만 있었다
어판장에 풀풀 날리던 비린내도 해풍에 말려 썰렁한
소금기뿐이다 시끌벅적 몸싸움 고기싸움 후한 인심도 없다
겨울 준비하는 바람까지도 판장 바닥에 늘러 붙은 고기를
닮아 버쩍 말랐다 닷새 전 분소 옆 꼼세기 파는 집 바람에
세워둔 리어카를 수리하며 작정했다
나흘 전엔 그래도 어판장을 지켰다
그제도 어판장을 지키며 망설였다
어제는 끝내 어상자를 뜯어내고 그 위에 포장을 씌웠다
오늘은 작은 다리 근처에 돼지족발 단무지 몇 쪽 놓고 포장
마차를 시작했다
개업 인사차 반장이 날 찾아와
막소주 단무지 한 쪽을 질끈 씹었다

골뱅이

같은 종이면서 늪에선
달팽인지 고동인지

칙칙한 껍질 뱅뱅 꼬여
바다에선 소라도 되고
골뱅이도 된다

내 속도 심기 편치 않아
골뱅이 소갈딱지처럼
뱅뱅 꼬이는 걸 보면
뒤 틀어진 마음조차
가늠 할 수 없으니 어쩐담

바위틈 끼어 한줌 하늘 보며
파도 소리조차 건져내지
못하는 의식 제물에 화가나
버벅거리다 세월 허랑하게
보내는 이유라도 알고 싶다

고등어 1

날고기에 소금만 탁탁 뿌려 자반이오
외치는 여자 자반이라야 잘 팔린단다

물기도 채 마르지 않은 소금 먹은 고기
소매를 타고 온몸을 휘젓다 어판장으로
이어진 난장을 헤엄쳐 간다

난장에서도 꼬리 흔든다

때 늦은지 한참인데 밀리는 관광버스
줄줄이 어판 난장에 걸려 길 잃었다

한 평 남짓한 죄판 촘촘히 거미줄처럼
잘도 짜여진 미로 헤엄쳐 간다

고등어 2

소리쳐 자반 파는 여자 썰물 빠지듯 한숨 돌린 틈
거른 끼니에 늘어져 한숨 같은 피곤이 다가온다

자반을 파는 어머니 어머니가 웃고 있다
비뚜름히 뚫린 하늘 속 갇혀

휘이휘이 손 휘저어 바다를 훑어낸다
바다에 붙은 비늘을 긁어낸다

귓전에 어머니 이 에미나이 국수 다 부르튼다
아련한 비몽에 자지러져 허겁스레 늦은 아침을 채운다

명태 1
—대관령 벌판에서 울다

모질게추운햇빛잘드는날 내장발라물거른다 찝찝한방울바닥질척이다 얼음설겅한가파른 산맥타고너른터간다 벼랑듬성박힌보득솔마다 눈서래쳐지척없어 너어됬냐물었더만 저기바다훤히보이는언덕 나무고랑이어진곳에서엉엉울고있다고 고람섶길길뛰는칼바람속 설겅설겅몸비벼 왜하필가른뱃살속햇빛감추려는가 얼은입대답한번못하고 세월가는소리만세고있네 추워밤낮으로

명태 2

비몽사몽봄물트는소리함께 아릿한바람 바지랑대걸린 따
순햇살은근히내려퍼질즈음 근질거려뒤척이니 온몸누렇게익
어 바람에설겅거리니 그것황태라는것이라네 잘다듬어진싸
릿대꼬챙이 채국채국몸포개 늦은겨울오를 구비산길오르내리
니 그것참영문없이흘러당도한곳 뜬금없는난장이라 골목따
라소금펄럭이며 비좁은동네마디마디마른것물치대어루다 두
드리다발라껍질벗겨 반듯이다듬은것 푸욱끓여 물말은뚝배
기올라 허 저들입맛포개골목탄다 시원한 국물?

깃발을 꽂으세요

분명 어제 그 자리란다
파도에 쓸려 흔적도 없는데
고랑을 파거라 둑도 없는데
어제 그 자리라고 한다
찾아올 땐 산 머리물 굽이만
본 것 같은데 그 자리란다
깃발 하나 던져놓고 내리는
그물 물발 헤엄쳐 가네
날줄과 씨줄 위도와 경도
어부들 눈에 살아 있나보다
어제도 그제도
제 논밭 찾는 농부들처럼
제 텃밭 하나 모르겠냐고
근심 하나 없다

쇠미역

머리채 물살에 휘둘러 몸짓으로 우뚝 서고 싶으나
속살 풀어져 난감이네 잘게 썰어도 남는 알갱이
모아 휘젓다 꽃가루로 날려본다
풀어져라 풀어져

조금씩 아주 조금씩 올라가면 수평까지는 갈 것이나
마음만 가득 허공 번지는 하늘 아득해
촉수 닿을락 말락 또 제자리 흐느적일 테니
훠어이 훠이

시원한 국물

냉동선 타고 뭍으로 와 해동 후
물 바르면 싱싱한 명태가 된다

당신 세상 살아내는 비책의 책갈피에서 헤어나려
안간힘 쓴다 멀리 안 나가도 돼 물만 치면

오츠크 바다 건너는 것보다 싱싱한 명태
세상 벽 허무는 작업 물치는 리모델링
너덜거리든 거리 변했다

순수의 의미 한방에 케이오다
아파트 밀집한 거리에 낮아지는 바다
불어나는 물에 허우적댄다

단골집 고기장수 고성 거진까지 팔아
이 바다 생태라 우긴다
트고 사는 터라 속 알며 웃으며 속아준다

밤새 녹초가 된 서방 세상모르고 코를 골다
물 만난 생태 끓는 냄새 깨우지 않아도 알아서

일어난다
뜨거운 국물 고춧가루에 세상을 탄다
속 문드러져 하는 일마다 껄끄러워도
시원하다 뜨거운 국물

혼이 되어 고향 가는 날 1

오월부터 시작한 꽁치바리
말쯤이나 다음 초입까지
성수기 맞아 구이나 회로
입맛 돋우면 꽉 찬
봄이 지나고 있는 걸 안다

싱싱한 놈 깡통공장 통조림용
다음 무더기 냉동공장 직행
티켓으로 얼음구멍 가기 위해
그네를 탄다 얼음 뒤집어쓰고

웅성거리는 어판장에서
쓱쓱 발로 밀어 플라스틱 가방
막차를 타고 젓갈공장 앞에선
머리통부터 온 삭신 깨진 무리
얼마쯤? 징역 단기 유월부터

청량소금 뒹굴어 몸 부대끼며
먹통 같은 어둠 열 올라 숨차
세월 셈하는 손가락 하나

건져낼 수 없는 잘 다져진 벽
더위 몸 부르트다

혼이 되어 고향 가는 날 2

아토피 앓으며 곪아터진 몸
똥갈보 동네 골목 타며 아우성치는
음흉한 냄새보다 더 지루한 여행
눈만 동그라니 남아 겨울나무
가지 꽃 피길 기다리는 꿈

온 삭신 뱅뱅 꼬이다 만기도 없는
출소 기다리는 우리 어느 날
화들짝 하늘 터지는 소리
길 건너 냉동 칸에서 쏟아지는
통통한 것들과 눈 거리 측정하나

안 보여 안 보여 어 손사래친다
드러누워 잔가지 헝클어진 채
바닥에 누워 있으려니 숨 고를
틈도 없이 찢어 발겨라 엉켜라
최루탄 같은 고춧가루 풋고추

숭숭 채로 된 무 초 고추장
온갖 것 동원해 어어 좋다 그 맛

이쑤시개 하나 달랑 꽂아
직립으로 이어진 터널을 긴다
우리들 영혼 다시 바닷길 튼다

위험한 게임

그리 힘쓸 것 같잖은 녹슨 모터와 기관실 문짝이
위태롭게 엮여서 삐걱거리네

휘어지다 아주 잔기침 소리내며 등짝 가르다
문짝 찌그러졌네

브릿지 기준타와 기관실 연결 스위치 중간에 있는 모터
꾸욱 누르면 쇠 울음소리와 함께 고막을 파네

선장님 고래소리 기관장 뭐라고요 소통의 여지는
소 울음소리 파고드는 녹슨 모터와 낡은 문짝이다

뱃길 1

날 찌뿌둥할수록 삭신 으스스 적신호다
수은주 눈금은 왼쪽만 본다 F는 잘 모르니까

비좁은 대로 직립이다
슬금슬쩍 기어오르다
수평 뚫으려 한다

뱃길이사 아직 한적하여 벌판 같은 곳
안개 잘 부수어 밀어 붙인다

느리게 건져내고 있다
그러나 금세 살포시 온다
햇살 안고 길 간다

우리 집 아침상 차리겠지

뱃길 2

파도 고리 만들어 물 한 모금 토하면
찝찔한 맛 그것 알려면 또 한참일 걸

뱃전 누워 하늘 치대는 것 보면
헷갈려 몇 밤은 늘었는데 아득하다

입술 물어 스민 짭짜름한 물거름이
이빨 오가며 속 뒤집는 걸

누구 없소 아무리 뒤져봐도
질척이는 파도소리뿐

낄낄대는 촉수 높은 집어등 가로등처럼
출렁이다 다시 잠수하고 말 걸

길가다 부딪쳐 주저앉아도 멀미려니
아름아름 펄럭이는 의식이려니

한번쯤 쉬 가자는데 세월 틈 없다니
꾸덕꾸덕 마른바람 골목 지나 집 간다

그 속 환히 웃는 얼굴 얼굴 휘저으며 집 간다
뚝딱거리며 집 간다 아직도 항해 중

밥상 차린다

그 집 모서리 방 떠 있는 것
파도 헤집고 돌아와
방 가득 채운 바다라
서툴게 헤집는
방 가득 들쑤시기만 한다

길들여질 때도 됐건만
습관이 개떡 같아 고치려도
서툴게 늘어진 일상들이
그저 그렇게 굳어 버렸으니

꾸물꾸물 기다 서성이다 마냥
그럴 수 없어 얼굴 깔고 살포시
눈 속 퍼지는 조촐한 밥상
숟가락 가득한 포만이 그물
너른 바다 가고 있다

선착장에는

주문진 나릿가 버글버글 고기 썩어 온 동네 허리 갈라낸다
여기 사람이사 익숙해 곰삭은 막걸리쯤 여기는 일상이다
세상 문드러지는 것만 하겄나
사실 오징어 내장부터 온갖 잡것 스멀거려 더 지독해도
거리만큼 기어오르는 바닷바람 온 동네 후비다 신리천 따라
오르고 있어 숲 가르며 대관령 돌아오던 길 소리 없이 조용히
선착장 새벽 안고 있어 솔잎 풍기며 세상 썩는 냄새 삭이며
맞이하는 아침, 또 하루가 있다

순개울

그물을 뜬다
호수 가득한 물
그물에 걸렸다

파도 올라타다
도로 복판에 걸려
빨래처럼 펄럭인다

썩어 문드러지는 개울
아우성친다
다리 난간에 서서

바다보고 호수 보는
사람 기가 찬지
허허 웃는다

이상기류

틀에 갇히면
헤어나는 것
상당히 어려워

벗어나려 허우적이면
더욱 수렁에 빠져
자기를 가두는 늪

누구 손 내밀었어
잡으려 해도
잡을 수 없어

제4부

그리워하는 법

그리움은 가끔 생각나다
쌓이면 병이다
그리움이 녹아나다
쌓이면 맨발이라도
달려가 주저 없이
안기고 싶은 마음이다
실타래 푸는 지루함
끈끈이 묻어나는 그리움
가슴 비벼대다 눈 뜨면
영락없이 살아 있는
꿈속 몸짓인데
무등타고 한껏 신이나
길 헤집어 찾아가네
철이 없어
눈 감으면 더욱 생생하게
다가오는 그리움
세상 부랑하다
가는 길 잃을까 걱정이네

오래된 집

어부 없어 바람만 산다
세월 가는 것도 모른다

건성자라 어수선한 풀, 비름 닮아 물 뜨락만 서성이다
버려진 모탕에 반쯤 걸터앉아 벽 타고 오르다
햇빛만큼만 가다 가슴 가라앉는 것까지야 알겠냐마는
바닥 기는 마음까지 삭막하더라

물, 떠내자 해거름 동안
햇빛 저 나름 으름장이다

두런두런 이웃들. 지는 노을 타고 해오라진다
바랜 창 너머 비친 적막한 항구 물 이랑지는
저 아늑한 곳 몸 풀어져 잠청하다 뒤척이다
눈뜨니 거기 고즈넉 정박한 허름한 배
방파제 돌아 언제 또 대양 가를 수 있을까
꿈. 꾸겠지

그러려니 하니

등대 꼬댕이 집 가는 길은 비탈뿐이다 간신히 기대고 간다
한결같이 조막대기 방엔 부엌뿐이다 부엌 속에 자는 방 있다
하늘바다 구별 없는 푸른 것 속에 하얗게 밀리는 파도
밀리는 것인지 떠내려가는 것인지 한참 봐도 헷갈리니

우리는 비탈 오르는 것도 좋고 떠내림도 좋고
잠시 짬 머물러도 좋으니 세월 가는 것 몰라도
초새벽 뱃길 떠나는 외 한 뼘도 안 되는 비탈길
용케 찾아 호미질하는 것 습관일 뿐이니

영 넘어 청정산골 대관령 산비알 비탈진 곳 생각나
틈 있으면 호미질하는 것 내리 하얗게 출렁이는 바다 어르면
너르게 펼친 고향 보리밭 같아 눈숲 이슬어리다
골골 물 흐르는 소리에 속 들킨 것이라
파도 속에 구겨 넣어 보나 헛것 본 듯 허네

나릿가 동네

주고받는 투박한 언어는 공격형이다
화살같이 날아 꽂혀도 촉수에는 독이 없다

가슴에 들어 뜨끔한 감각이 지나면
박하사탕 같이 환하게 살아 퍼진다

가슴을 슬슬 헤집어 가는 굼벵이 닮은 언어가
나릿가 골목을 헤집는다 어른 아이 없이 투박한 말

그대의 인사는 톤 높은 목소리 있어야 격에 맞다
잘 다듬은 맞춤양복처럼

파도에 갇혀 둘러치는 목소리 귀머거리 동네 반장이나 해라
대처에서 온 손님 귀청 다 떨어졌다

알 수 없는 톤 높은 동네 뜬금없이 대놓고
욕하는 것 같아 마음 상해 주눅이 들다가도

가만히 귀 기울여 듣다 생각하면 아하 그렇구나
웃다가 정겨워진다

투박하게 소리치는 동네 놀러와 방파제 퍼질러 앉아
호수처럼 가라앉은 물 보고 묻고 싶다

이 동네 기차 화통 삶아 먹었나

눈

하루 초입 안개 짓물러
콘크리크 바닥 물감 뿌리듯
찔러댄다
하나 하나 포개 하얘지는
거리 마음 삭막하다

쌓여도 빈틈 비집어 가다
상념에 젖은 커피집 여자
쬐그만 창 열어
하하 쌤
내 지독히 좋아하는 것
맞는데 속 짚어 보니 아리송하다

무심하니 널린 입찰장
사람 없다. 기척 없다
항구에 가친바다
헤엄친다

우린 네거리 중간쯤
떨떠름한 식당에서

얼큰한 동태국에 취했다

창밖이 아직 하얗다
삐걱이는 종일
집집 모두 벌판이다

당부

천주교도 아버지 비록 지금사 어려워도
성찰하라 하셨으나
아비 닮은 어린 내가
그 뜻 알 길 없어

아버지 비록 힘없어도
버티라 하셨으나
아비 닮은 어린 내가
도통 알 수 없으니

아버지 소원 성찰 한 번 못하고
늘 간직한 속생각하면
쌉싸름 가슴속 생각뿐

아버지 탓 아니라 세상 것이라
저 성숙한 아버지 몸부림이라
그러나 묵묵하다
아버지 소망 그저 바다 속
저 알 거라 그렇듯
세월 속에라도 남아

거기 계셨을 거다

아버지 크리스천이셨다
아버지 성스러우셨다
아버지는 어부였다
빛나는 우리였다

칠월과 팔월 사이

찌는 더위 일찍 시망바리 간다
집 앞 비좁은 돌 틈 아이들
자맥질이다 겁 없이 머리
박는다 줄줄이 내리 꽂는다

포말 사그라지는 파도 건너
아버지 그물 치는 소리 있어
다이빙에 물밑 긴다

아이 바위 올라 뛰어낸다
아이 또 하나 바위 올라 뛴다
부서지는 아버지 소리 들리며
물밑 긴다

두 아이 짝되어 반복한다
길 떠난 아버지 뱃전
나른한 바다 그물 던져
환하게 웃고 있다

아이들 지쳐 바위에 널었다

아직 세상모르는 바다
해거름 돌아와 순대처럼 틀어진
그물을 품고 있다

동네 막 친구

종해 형 큰 다리 옆에 살았었다
다리 바짝 붙어살았었다
길쭉한 얼굴 길쭉한 다리
길쭉한 키 모두가 길쭉이었다

학교 가는 길목이라 후 했었다
자기 또래나 순댕이 학생들 오가는
모두 쬐만한 구멍가게
잡동사니 다 퍼 날랐었다

형수님 똑같았다 닮았다
퍼주는 것이라면 그저 빵긋이다
무시로 우리는 술방구리이다
퍼질러 밤 내리 노닥거렸다

이젠 양평 어느 자락에 산다
버릇대로 오가는 아는 사람 모두
사다리 형 방문이란다
천상 종해 형이다 그리 살그라

봄이 오는 소리바다

짙푸른 물 세월 따라 가는데
어이 봄 오는 줄 모를 수 있나

내 나이 청춘 넘어 갈라터진
빚값도 셈할 줄 모르고
제멋에 휘적휘적 산 세월
생경스럽네

꽃 같은 마음 그리움 없다면
갈라진들 틀어진들 알 수 없어
오가는 소리까지 잃어버렸네

어머니 사랑 여기 있고
어머니 눈물 여기 있고
어머니 가슴 여기 묻고

차곡히 쌓여 꽃잎 된 줄 모르고
허황한 세월 보내는 동안
강산이 변해 여기 있었네

살개마을 우리집 1

신리천 처음 터지는 곳
철갑령 실핏줄 여린 물 아래
햇빛 따뜻한 둔덕 집 지었다.
아버지 처음 어판장 막일하다
갈 곳 없이 헤매다 숲 가득한
비탈진 산 변변한 쟁기하나 없이
화전으로 일구어 낸 땅

아버지처럼 갈 곳 없는 사람 사람
하나 둘 셋 늘어나는 집 집
춘궁기 몸 누었다 허기져
수십 고비 걸어온 길 되돌아가
허기진 배 트느라
어판장 막노동판 삼칠일 치르는
산모 아기 그려내듯
아버지 힘껏 몸부림치다

비탈 산 화전땅 씨 뿌릴 걱정에
산길 헤집어 살구 꽃가루 날리는
우리집 가는 중간쯤 삼가동
막국수집 길가에 퍼질러 앉았던
아버지 자리 다시 춘궁기철

살개마을 우리집 2

나는 아버지처럼 살구꽃밭 지나
어판장 막노동판에서
삼칠일 정성 모아 비탈 밭 걱정에
춘궁기 살구꽃 지고 난 후
잎 팔랑거리는 살구나무 찾아
산 오르다 지쳐

아버지 퍼질러 앉았던 자리
삼가동 막국수집에서
설경한 어름 담긴 동치미 막국수
뚝딱거리고 어림잡아 해질녘
집까지는 족히 가겠지

굽이 돌아 우리집 살구꽃 지고 난
팔랑거리는 잎 무성한 길로
철갑령 골 따라 바다 내리는 바람
속절없이 내려만 가네

허당

춘삼월 동해 허리 중간쯤은 가장 험한 어한기라
비릿하거나 시금털털한 어부 차림으로 어슬렁거린다
변방 눅진한 바닷가 사람살이 늘 그렇다네

등대 꼬댕이 말미 끝에 사는 집 알싸한 냉기
오르라 하면 햇빛 따뜻해도 살 스미는 봄이다

소금 눅눅 묻어나는 숨은 바람 대놓고 삿대질이니
새벽 짬바리 판장 길 가는 곳 골목 따라
슬며시 오는 한기 맞으면 금세 신생약국 사거리다
철썩이는 파도 냉동 공장, 부두 출항증명서 이것 끝나면
금세 아침이다 이제 우리 고기 잡으러 간다
씨알 고기도 없는 것 알면서도

수상한 세상

세상살이야
제몫 대로라지만
적당한 덩치를 가진 배

처음 잘 다듬어진 기계
제 구실 하랴
꼼꼼한 손놀림에
잘 짜여진 질서

한 개의 나사 부품처럼
저 하는 일 알고 있지만
저들 음모는 몰라

시간이 쌓여
세월 중고로 가는 자유
잘 짜여진 누수의 벽
이윤을 구하는 보수작업

적당한 초점에서
타협하는 작업

우리들 세상 체형만 살아
썩었어 음모의 연속이야

비밀이 드러나도
음모 같은 건 없어
음모 드러나도
비밀 같은 건 전혀 없어

일상적 하는 일이야
반복하는 자유
썩어 문드러지는 자유
몰랐어 정말 모를 일이야

어머니 말씀

참 그립다 생각하면
큰 다리 맑은 물 바다 마주쳐
속살 간질이는 소리 들린다네

건건한 소금 찌들어 살다
좋은 날 택일해 걸어도 고만한 길
지나 제방 타고 흐르는 물
온 천지 사람 빨래 한단다
희희낙락 내려친단다

수십 길 너머 사근진까지
미역 다듬다
속까지 깊은 산골
감자 캐러 가신단다

아가야 저기쯤 보고픈 사람
걸어올 거다
마중 가렴

키재기

딸 아이 서쪽에서도 해 오른다는데
천에 만에 콩떡이다
내가 믿지 않는 걸 알면서도
그것도 모르냐 핀잔이다

나는 딸에게 지난 유행가를 불렀는데
천에 만에 콩떡이다
무슨 노래 그렇냐고 웃지만
그것도 모르냐 놀려댄다

다 큰 딸 아이 세월 가는 것 아는 갑다
빨리 가자 재촉하니
안달해 보채 보아도
시계 제 갈 길만 간다

아이가 웃는다 속아주는
아비가 고마운가 보다
아비도 웃는다, 둘 티격이며
숨바꼭질이다

소식을 전하다

물 건너 오두막 덩그러니 서 있어
그 집 다다라 벼람벽 숭숭 새는 사이로
안부 전한다
일향 만강은 휑하나 뚫린 하늘
만수무강하느라
집 돌 볼 짬 없다 퉁명스레 쏘고
저 볼 일 바다 한가운데 가는 게 바빠
산길 휘적휘적 걸어내다 뒤돌아보니
고향 잃을까 마음 걱정 쌓여
건너온 오솔 물길 괜스레 왔나보다
후회했을 땐 뒤쫓아온
어머니 목소리 휘이휘이
아버지 찾으러 가는 바다 뒤 돌으랴
목젖 간지르는 소리 나오다
눈물만 펑펑 쏟다 그립다 말 한 마디
못하고 뱃길 뒤집는 아버지 찾아간다
오지 마라 오지 마라 고함치는
아버지 목소리에 어머니 휘이휘이
광목 필 다 풀어 통곡하는 소리
귓전 어르는 곳 나의 목은 어디 있으며

나의 몸은 어디로 둥둥 떠가느냐
물 건너 오두막 억장 무너지는 소리
뒤돌아볼 수 없어 마음 가늠 못해
허공에 머무르다 제풀에 쓰러진다
한참은 정신없을 걸

인터뷰

나의 바다

▷근황은 어떠십니까?

　근황이라니 당혹스럽다. 요즈음 주변에 나와 막역한 친구나 지인들이 안부 정도의 전화로 무얼 하고 있느냐 또는 근간에 어떻게 지냈느냐 물어오면 정체된 나의 일상이 들킨 것 같아 망설이다 음 그저 그래라 말하기 일쑤다. 돌아보니 나 또한 미명에 들어 무슨 일을 매일 하고 있는지 도무지 기억마저 뒤죽박죽이다. 세상 걸어오며 앞서는 것을 그리 선호하는 것이 몸에 익숙하지 않아 특별하지도 유명하지도 않고 뭐하나 내세울 것조차 빈약하니 그저 흘러가는 세상 틈새 기웃거리며 무심히 살았나 보다. 우리 사는 세대야 먹고 살기 어려운 시대에 특히 시골 살이야 처음부터 세상 기울기가 다르니 선 그어 육상 트랙에 횡으로 나란히 출발했으면 좋으련만 그게 그런가. 마라톤처럼 종으로 서면 중간에서도 한참은 아래쯤일 테니. 따질 상황도 못 돼 엉키어 앞만 보고 흘러가는 대로 뛰고 있을 뿐이다. 열심히 뛰다보니 동반자도 생기고 아이들도 열심히 뛰어 숨소리도 고르고 한결 안정되게 사는가 싶었는데 어쩌다 한참은 일할 나이에 자의든 타의든 발 헛디뎌 나락에서 헤매며 세상살이 혹독하게 치르느라 몸 추스릴 기회마저 박탈된 채 열심히 뛰었다. 이제 겨우 주변정리를 그런대로 하고 제 페이스에 들었는데 심신이 상할대로 상해 더 이상 완주할 수 없는 지경에 들어 고향 바닷가에 살다. 가까운 도회지 호숫가에 살다 다시 내 있던 바다 보이는 산자락에 혼자 칩거하다 건강이 별로라 병원 가까이 있었으면 하는 맘과 가끔은 어판장이나 장터와 소통하고 싶은 마음에서다. 한참은 적응하느라 꽤나 힘들었지만 이젠 안정기에 들어 심신이 그런대로 평정심을 찾아가고 있다. 근황이라 그렇다 칩거한 곳에 알음알음하는 친구들이나 글쟁이들이 들락거리기도 하지만 테라스같이 꾸민 마루턱에서 앞산으로 흘러가는 운치를 보거나 텃밭도 가꾸거나 좋아하는 책보기, 가끔은 벼룻돌에 먹 갈아엎는 것, 쓸쓸하다 싶으면 뒷산 고랑길 어슬렁거리는 것 정도도. 뒷산마루엔 운동기구도 있고 편안히 좌정할 수 있는 평의자도 있어 간단한 기공으로 심신을 가누기 딱 좋은 장소 같다. 하여 내가 하고 싶어 하는 일 어물쩍거리다 근처에도 가보지 못했으니 이제라도 가보고 싶은데 그게 어디 마음뿐이지 실행이란 호락호락하지 않더라. 곰곰이 생각해도 참 딱한 일이라 그저 살아가는 잡글이나 썼다 찢었다 하니 이젠 근황 같은 것 생각지 않으려니 하다가도 나 자신 깜짝깜짝 놀란다. 흐 이그 그 미련?

▷이번 시집에서 낭독하고 싶은 시 한 편은?

어느 월간 시 전문지에서 생활 속 내재된 시를 몇 편 보내 달라는 청탁을 받고 내 사는 곳 어촌이라 몇 편의 바다시를 써 보냈다. 이를 보았는지는 잘 모르지만 모 출판사에서 바다를 노래하는 시는 숱하지만 직접 바다 생활과 밀접한 시는 접한 적 없다면서 아예 한 묶음 하자고 청해 그것 또한 재미있을 것 같아 나의 느낌이나 감정을 묻어둔 채 어부들이나 독자가 생각할 수 있는 여분을 남기고자 서술형으로 전했을 뿐이다. 하여 한 권 분량으로 묶어 전했더니 마음에 닿는 시라면서 출판하기로 하였으나 조율 과정에서 의견 일치가 되지 않아 도로 회수해 버렸다. 한편으로는 서운한 맘이 들어 서울 근교에 거주하는 H시인에게 넌지시 의견을 물었더니 제목부터 『바다의 일생』으로 하자는 의견을 받아 출판하자는 데 적극 동조하여 출판하게 되었다. 바다에 종사하는 어부들이나 시중 독자들의 좋은 서평이나 격려를 보내주어 얼떨떨한 기분이었다. 바닷가 사는 친분 있는 분들에게 선을 보였더니 생각하는 것을 뒤돌아볼 기회였다며 기회가 닿으면 자기 이야기도 전해 달라고 웃어준다. 후 모 대학에서 주관하는 바다 연구회에 초대되어 늘상 접하는 어부 친구들의 현장을 리얼하게 이야기하는 선장 겸 어촌계장의 해설 덧붙여 회원들 모두 새로운 경험이었다고 공감했다. 이번 시집도 이왕이면 바다를 그리는 시를 청탁받고 왜 하필 바다를 주제 하느냐고 물었더니 잘 아는 분에게 청탁하는 것 당연지사 아니냐고 웃는다. 체험적 실험시는 삶의 일정한 간격 속에 치열한 생활 및

일부분이였을 게다. 땅에서 밭을 일구는 농부들이나 바다에서 먹거리를 찾는 어부들이나 같은 맥일 것이다. 이번 시집에서 군이 시 한 편을 고르라면 「명태 대관령 벌판에서 울다」를 조용히 낭독하고 싶다.

▷서면 인터뷰 소감은?

나에 대한 인터뷰는 잡지사나 방송국에서 몇 번 해 보았지만 서평에 들어가야 할 자리에 인터뷰라니 생경스러우나. 자못 신선한 느낌이다. 말도 새로운 분위기에 서면 어눌해진다. 가끔은 지역 동아리 팀이나 시를 좋아하는 모임에서 시를 쓰는 이유를 물으면 그저 서투른 푸념이라 기억에 담지 말고 그저 많이 읽고 쓰고 싶어 그러노라고 군이 원고 청탁이라도 오면 마지못한 척 칼럼이나 서민적 독자들이 읽기 편한 소품 정도라 시를 발표하는 것 그리 탐탁하게 생각하지 않았다. 그렇다 해도 그럴 듯한 시인도 아니라고 하소연한 적도 가끔은 있었다. 잡식성인 내게 부담스런 호칭이나 군이 그렇게 부르면 모른 척 넘어간다. 처음 시집을 상재할 때 중앙에서 활동하는 젊은 기수와 같은 시인들의 응원과, 특히 H시인, L시인의 적극적인 도움으로 생각도 안 한 출판기념 행사를 위하여 현수막, 방명록, 책, 기타 필요한 소품과 경상도에서도 중앙에서도 알아주는 작가 시인들과 영 넘어 산골에서 그림으로 작가 생활을 하시는 선생 그리고 가까운 시내에서 사회적 기여 활동을 하시는 선후배님 어떻게 연락이 닿았는지 정작 내 주변에 사는 사람 하나 초청할 수 없었는데 준비 하나 없이 주머니 저녁꺼리도 없는 빈 깡통이 느닷없이 상차리라니 아는 넓은 횟집에서 급조한 자리 마련했다. 신협 H이사장, 생명운동가 한살림 M이사장, 서울서 잘나가는 출판사 H이사장 사회로 분위기를 잘 이끌어준 영월 K작가 기타 여러분께 지금에야 감사 인사드리고 싶다. 특히 청사 출판을 지휘하시는 H이사장 책 한 권은 꼭 청사에서 만들자던 것 사정상 어려워 차일피일 했더니 왈 시인이 시를 안 쓰면 독자들을 기망하는 것이라 아직도 기억하며 조크를 주시니 삶의 홍역을 호되게 치루는 중이라 답하지 못한 점 지금도 매우 미안함 가슴에 안고 있다.

▷이번 시집 출간에 대한 소회는?

어느 날 어스름 저녁 서울 사는 시작활동을 활발하게 하는 K시인에게서 전화 한 통이 걸려왔다. 같은 동네 가까이 살다 유학길 떠나 간간이 연락만 하던 터라 무척 반가웠다. 간단한 안부와 근간의 작가회의 소식, 신작 시집도 냈다고 하길래 평소 그의 보내 오는 시작을 접하며 축하와 좋은 시를 쓰라는 덕담도 보냈다. 장시간 통화를 하며 느닷없이 시집 한 권을 묶으라는 권고에 농이려니 엉겁결에 '그러 마!' 하고는 했지만 괜한 짓했다 싶어 며칠 머리에 묻어 두고 잊고 있었다. 좀 지난 어느 날 K시인은 이곳에 사시는 어머니 뵈러 온 김에 얼굴 한번 뵙자고 하여 우리집을 걸어 방문했다. 반가이 맞아 이것저것 세상 사는 얘기로 시작하다 일전에 시집 묶어보자는 것 유효한 거지요 말하면서도 나도 기억 아슴한 시들은 여기저기서 나도 모르는 잡지나 동인지를 모아 펼치며 고향 주문진을 위한 바다시를 묶어 보자는 제안에 어느 날 약속한 바 있어 떨떠름한 표정을 지었더니 선배님의 바다시를 꼭 묶고 싶다는 언질에 평소 거절 못하는 내 습관이 발동하여 또 바다시냐고 물었음즉 그건 선배님의 마크 아닌가요 하더라. 허헛 웃으며 또 엉겁결에 수락했더니 속전속결로 진도를 조정하며 원고를 확인 차 보낸 1차 교정본을 펼쳐 놓고 철자법, 맞춤법, 편집사항 등 꼼꼼히 챙기며 방언이나 유사 단어 일일이 교정하며 양해를 구하며 지방 방언 같은 것 독자들이 편히 이해하도록 주석을 달지 말고 독자들이 읽기 편하게 편집하자는 명쾌한 설득에 동조했다. 뭔가 찌부득한 여분이 가슴에 남는 것이다만 접어 버렸다. 작정하고 시집을 내자고 마감 결산하니 어딘가 숙제 하나 걷어낸 것 같은 속 앓음이 후련히 벗어난 것이라 한결 마음 편하다. 이 작업이 끝나면 좀더 진실되고 속으로만 그리던 짧고 간결하게 쓰고 싶다는 마음이 슬그머니 자리 펴지만 과연 그럴 수 있을까 한번쯤 고민하고 싶다.

▷월간 『해륙문화』 주간으로 활동하셨다는데?

그런 때가 있었다. 나는 군대에서 해외파병 기간 동안 종군기자들과 자주 어울리는 부서에서 근무하며 그들의 생활상을 가까이 듣거나 무용담을 들으며 돌아가면 기자가 되리라는 생각에 제대와 동시에 군에서 알고 지내던 기자의 소개로 기자 수습을 할 기회가 있어 한번쯤 도전하고 싶은 매력 있는

직업이라는 점에 진로를 정하고 현장 실습에 이론에 푹 빠져 있을 즈음 학교생활 때 각별히 챙겨주시던 선생님께서 전갈이 왔다. 꼭 한 번 다녀가라는 것이다. 마침 휴가철이라 한번쯤 집에 다녀갈 요량으로 고향집에서 선생님을 만나뵐 수 있었다. 선생님을 뵈니 참 반가웠으나 선생님은 퇴직 후 뜻한 바 사회고발적인 성격이 강한 종합문화지『해륙문화』를 창간하였으나 지방 특성상 필진을 구하기 어려워 당분간 자리 잡힐 때까지 도와달라고 부탁하니 보은한다는 생각으로 승낙하여 취재원의 녹음 파일과 현장을 돌며 원고작업을 하느라 매우 부산했다. 필진이라야 선생님과 나 둘뿐이니 한 달 간의 잡지 분량을 소화하기란 턱부족으로 열악하였다. 몇 달 간은 버텨왔으나 역부족이라 수소문 끝에 저력 있는 필진을 구할 수 있어 안정될 때까지 일하다 내가 하고픈 일에 몰두하고 싶은 의사를 표하고 돌아가리라 믿었는데 세월이 흘러 돌아갈 기회를 잃었다. 더구나 생활하기 어려워 생업에 종사하면서 기사 작성할 수밖에 없었다. 그런 와중에 이웃 조금 넓은 도시에서 신협 활동이나 경실련이나 생명운동을 하시는 분들과 교류하며 세상 참 할 일도 많다는 것을 느끼며 점차 생활이 안정돼 가면서 잡지사를 퇴직할 수 있었다. 잡지를 하는 동안 사회의 비리, 비겁, 정의를 수없이 경험했다. 웃지 못할 이야기도 많다. 선생님께서 지병으로 돌아가시고 그해『해륙문화』는 종간되었다. 종간된 후에도 몇몇 종사하던 사람들이 이를 사칭하는 또 다른 모순을 반복하다 그해 나는 새로운 사업에 몰두하고 있어 이를 모른 척했다. 슬픈 인연이다.

▷『새벽들』창간 배경은?

이런 자료를 어떻게 구했는가 의문스럽다. 오래돼 나 자신도 기억이 가물가물해지는 것 같다. 『해류문화』를 퇴직하고 뻔질나게 강릉을 드나들었다. 경실련 모임에도 가고 신협 운동에도 가고 생명 운동에도 참여하였으나 실무에는 관여하지 않았다. 각계각층 인사들과 교류도 할 수 있었다. 그 와중에 해직교사들이 무더기로 사회로 나와 각계로 흩어지다 강릉 출신 H선생이 지방 일간지 『동녘신문』을 창간하면서 연곡 K시인이나 나는 신문에서 메우지 못한 부분을 가끔 채워 주거나 신년 벽두 축하시도 쓰는 것으로 교류했으나 아예 연곡 K시인은 붙박이로 기사 메우는 작업을 하고 있던 중 지역 중심 선생님이나 그에 걸맞는 체제에 부합하는 사람들이 모여 생명운동을 주도하는 〈한살림〉 사무실을 빌려 『새벽들』모임을 창립했다. 물론 체제에 반하는 운동을 위한 저항의 상징이었다. 한때는 지역 학생들과 토론도 하고 저항의 시를 발표하면서 주목 받는 모임이었으나 점점 쇠하여 뿔뿔이 흩어졌다. 지금은 H선생은 신문사는 파하고 동녘 출판기획을 운영하면서 남아 있는 사람 몇몇과 교류하고 있다. 가끔은 젊은 저항의 시대가 그리울 때도 있다.

▷마지막 바다 관련된 일을 구체적으로 말할 수 있는가?

이건 바닷가에 사는 어부의 일상을 적어 본 것이다. 음미하며 머릿속에 가만히 그려보면 그들이 얼마나 치열하게 사는지 느껴질 것이다. 졸문「귀향」중에서 아래와 같이 인용한다.

"사람마다 성장통이 다른 것 같다. 아버지가 바닷가에서 늘상 뱃일 하는 것 보며 컸던 우리들은 유독 바다에 집착하기 마련이다. 아버지 뜻은 대처로 유학해 이 지긋한 뱃놈 들지 말라는 게 항상 꿈이었을 게다. 대다수는 아버지 뜻에 따라 대처에서 열심히 노력했으나 나릿가 뱃놈의 딱지는 떼지 못했으니 젊어 입맛에 딱 맞는 화려한 빌딩 그리고 분망한 거리에서 방황하다 자의든 타의든 아버지 계시는 곳으로 몰리기 마련이다. 아버지 끼니 걱정 없이 살고 적당한 크기에 배도 가졌으니 허랑 세월 부둣가나 기웃거리는 나로서는 부두에서 건달 노릇하기 딱 맞춤이다. 새벽에 일어나면 꼬댕이집 한 뼘도 안 되는 마당 서성일 수 없어 바다로 꽂히는 길 내려가려느니 서낭당 길목부터 가파른 곳 아래에서 올라오는 질박한 것 아릿하면서도 비릿한 것들이 습진처럼 슬그머니 다가와 눌어붙는 것 느끼며 비로소 바다 저만큼 떠있는 것 보인다. 날마다 오르내리면서도 모른 척 했는데 오늘따라 침묵하며 스스로 사그라졌으면 하다가도 뿜어내는 머릿속 생각들이 스산한 새벽 부두 풍경들이 속속들이 몸에 닿는 것 내가 생각해도 생경스러워 서릿한 것 마음 꽂힌다. 비릿하고 야비할 정도 역겨운 냄새 정도야 늘쌍 콧속에 스며드는 일상인에 감각이 널브러진 음산한 등불에 잘 알지도 못하는 날 벌레들이 부산스레 홋날 날리는 것 오늘따라 가슴 후벼내는 것 같아 코를 벌렁 거리고 싶으나 머리통이 와르르 무너지고 있어. 그물이 엉켜 차마 노련미 환한 어부 아낙도 감당할 수 없이 난감하게 헝클어졌어. 이것도 늘 하던 대로 하는 습관성 통증이 아니길 바라지만 슬슬 아래로 내려오는 무기력에 옴 싹할 수 없으니 허참, 세상살이 다 됐구나 싶어 더럭 겁이 나네. 거기다 기생충처럼 안에서 스믈스믈 기어 나와 섶 바위라도 있다면 야금야금 다 갉아 먹을 것처럼 온몸 근질하게 하는 것 참을 수 있다 싶으면 더 근질거리는 것. 거의 초죽음 되어 손톱으로 끊어내어도 시원찮은 것이 피부 슬슬 피어오르다 시뻘겋게 피부 겹 갑 벗겨 아스러져 아파 한숨 기절하다 싶었는데 건건한 바다 냄새가 났지만 무슨 냄새인지 비몽에 솔솔 눈 뜨는 것 미역인지 파래인지 분명 찝찔한 것 같은 데 겨드랑이 사이 눅눅한 땀들이 흐드러져 베어나 금세 소금게 풀어내며 찝찔한 것 반톱밖에 없는 방안을 휩쓸었다. 겹겹 쌓인 냄새는 자못 고향에 온 것 같은 질길 침묵 속에 무쳐 자못 제 뿌리였노라 가부좌 틀어낸다. 바다 속에 갇힌 냄새는 아는 사람만 안다. 뿌리부터 살아나는 쌉싸부레한 냄새랄까 아무튼 저들 특유의 생존에 보습제처럼 간간 또는 삽시간에 뿜어 흐드러지는 것 우리는 따뜻해지면 라일락 꽃 향기나 아카시아 꽃 풍기는 지릿한 냄새에 취해 환장하는데 나는 저 멀리서부터 오는 진득한 해초 냄새에 길들여졌나 보다. 한 번쯤 수평을 보고 크게 숨죽이며 저 시퍼런 쪽빛대 같은 해조의 소리가 들릴 것 같아 숨소리 한 번 없이 느끼는 것. 그물 칸칸 곰삭아 느끼는 것. 침묵의 방 한가운데 삐뚜룸 박혀 있는 골목 창 한가운데로 햇빛 고였으리 생각도 못했더만 새삼 햇빛 안에 있다는 것 한줌 깨알 같은 도라지 씨 뿌리면서 저것 햇빛 한 번쯤 보려니 했어. 나 또한 방구석 눅진이 있다 햇살 한

번 보려면 아득한 것처럼 한참은 뉘에게 두들겨 맞아 적당히 만신창이 된 것처럼 눈가에 따뜻한 것 스며들어 비로소 실눈 속에 하나씩 밝아오는 소리 아침이려니 문 털고 나서니 한 뼘 도 더 되는 아침이라 빛도 소리도 없는 것 같아 무한정 빨려 가는 어둠 속에 보는 것 생경스러워 아 살아 있구나 하는 포 만 속에 한가로이 널브러진 부두 그 속에 갇힌 꼬막 같은 배 들을 보며 안심한다. 한참은 더 있어야 출항할 거라지만 마음 한 켠 부둣가 서성거리며 틈 비빌 거다. 오늘은 날씨 더럽다 하드만 햇빛만 덩그러니 서 하늘 가르고 있으니 어찌할꼬. 물 가엔 태풍 전야처럼 고즈넉한 파도에 무쳐 물질도사 앞세워 서툰 걸음 띄어 몇 척 앞도 모르는 파도 속에 묻혀 버렸네. 코 를 벌렁 대거나 헛바닥으로 널름대도 도무지 맨날 속상할 정 도로 어판장에서 알 수 없으니 내 손바닥 안에 있어야 할 온 갖 정보들 무너져 손가락 하나로 깔뜩거리는 입찰 입술 물어 감으로 스며드는 것 우리들 의도하지 않아도 그 느낌 촉감 속 으로도 만나지 싶지 않다.

머리통 와르르 무너지고 있어 그물이 엉켜 순대 틀었는데 노부부 황망한 벌판에서 어부 배질 하랴 아나 감당 못해. 이 것도 늘 하던 대로 오는 습관성 통증이 아니길 바라지만 슬 슬 아래로 내려오는 아주 단순한 무기력에 옴짝할 수 없으니 허참 세상살이 다 됐구나 하는 불안이 기어올라 더럭 겁이 나네. 거기다 기생충처럼 가슴속에서 스물스물 기어나와 바 위처럼 단단한 것부터 슬슬 온몸 근질거리는 것들이 거의 초죽음이 된 손톱으로 밀려와 시원찮은 피부 시퍼렇다 눌어 터져 불어나 아수라장 됐네 아퍼 한숨 기절했다 싶었는데 몸 추슬러 비몽간 소금끼 냄새에 익숙한 것 보면 저 건건한 바다 속에 숨어 있는 특유의 맛 술술 눈뜨는 것. 야 이 여편네야 니가 뭘 안다고 고래고래 소리쳐도 저 험한 얼굴해 표독스레 아버지를 반격한다. 아버지 갖은 궂은 일 제치고 흉스레 찌그러진 어머니 표정 속에 속셈으로 슬며시 읊었을 게다. 그러나 우리는 늘 고달프다 아버지 강훈에 순위 따질 겨를 없이 늘 상 아버지 따라 신속 정확을 신조로 일사분란은 아무리 해도 성에 안 차나 보다

　우리는 어려부터 이것저것 생각할 겨를 없이 컸다. 지독한 아버지 속전속결에 알지도 못한 굴복이다. 아버지 버럭할 땐 가족 간 순위 따위는 없다. 틈 없이 쏘아대니 우리는 이것저것 생각한 겨를 없이 유독 바다 뱃일만 생각하는 아버지 미워 야 쏴아 쏴아 버려. 어허 저 놈들 아버지 잡겠네 아버지는 제 삭신 녹아 세상 험한 곳 들지라도 너희들 세상 밖 돌지 말고 성경말씀보다 더 깊은 것 있으면 거기 있으라. 알긴 알겠는데 자세히는 모르니 답답한 건 매한가지다. 그 간단한 논리를 이해하자니 머리통 와르르 무너지고 있어. 아버지 바닷가에서 늘상 뱃일하는 것 잘 몰랐는데 우리 또한 어린 것들 그게 아버지 돕는 일이라 생각했는데 아버지 뜻이라 그대로 따르는 게 상책이다." (이하 생략) □